春

——御歳六十九歳のわが誕生日

更北四郎

東方社

更北四郎詩集

春——御歳六十九歳のわが誕生日

※

目次

春

——御歳六十九歳のわが誕生日

わたしという個

わたしは何を歌おう
この老いた時間のなかで
過剰な性に絡め取られて

わたしは恋を歌うことは出来ない
性を歌うのは禁じられている
それでも何かを歌うように急き立てられている

性の後ろ側にあるものを

人生という時間が隠しているものを
他者と己の亀裂のなかに落ちていくものを

わたしは歌わなければならないのだ
流れていく時間のなかで
食いつぶされていくわたしという個を

一様に消えて行く定めを
遥かに眺めわたすように
そのなかに埋もれて見えないわたしという個を

ひなまつり

ひなまつりだからといって
その日に限って
男子出生が少ないわけはないにせよ
三月三日生まれの男は
どうも立場が無いようでもあるが
ひな人形を飾り
桃の花を飾って祝う日も
十二支が五回巡って
早や六十回目となった

順《したが》うべきは
わたしの耳であるとすれば
元来素直さこそ我が徳目である
澄んだ酒に桃の花を
二つ三つ浮かべて盃を重ね
耳を澄ませば
死んだ人の声が耳元に聞こえてくる
死んだ者は悲しいか
死者を思い出す者は今もここにいて
もう少し一人で飲んでいる

花は春

花は春
咲き続いたパンジー　ビオラが
花を地に溢れさせ
カップ咲きの白い水仙も花開く
庭のあちこちで
椿が色様々な花を開いて花を落とす

人はいずれ死ぬ定め
誰彼を残して

誰彼を置き去りにして
消えていく
いつ消えるとも知れぬままに
古稀なれば遠くはあるまい

今日の春の日を
ハクレンが花開き
ミモザが花開いて薫る
彼岸の墓参りに出て
鮮烈な黄の花を買って来た

花はさくらと限るまい
あの妖かしの花でなく
樹の花よりは草の花だ

地に鮮やかな色を散らせば良い
黄のクンシランの花芽が一つ二つ
いや三つ四つと立ってくる
花は春
残りの人生と思う春の日

御歳六十九歳のわが誕生日

ああ春風の心地よさ
ときめくような心の軽さ
届けられた花籠の
スイトピーの甘い香り
澄んだ黄色の軽やかさ
未知の人から手紙が届く嬉しさ
少しずつ人を知っていく時の
もう忘れたはずのときめきの甘美さ
すべてが

一遍に一斉に私になだれ込むような
ああ今日の日の嬉しさ

御歳六十九歳のわが誕生日
ああ御歳六十九歳のわが誕生日
よくぞ死なずに来たものだ
不安も痛みも慚愧も無念も激しい怒りも
一切合切通り越して
顔には老斑あまたにせよ
胸にも腹にも手術痕一つ残さずに
よくぞここまで参りました
心残りはみんな忘れて何一つも残さずに
父母を送り子も孫もある
老いの嵩んだわが六十九歳の誕生日

ああよくぞここまで参りました
身の竦むようなこともありました
逃げたい逃げたいと思い屈したことも
いっそ狂ったならばと
ビジネスになど身を入れたこともありました
あれもこれも通り過ぎて
ああ今日の日の春風の心地よさ
体の芯に勃然と沸き起こるものあれば
ひなたぼっこの居眠りには些か早すぎる
まだまだ老いとは呼ばず
御歳六十九歳のわが誕生日

水中毒《みずちゅうどく》

一杯の冷たい水に喉を潤すとき
甘露と体が充たされる
一杯の水を前に
しずかに穏やかな言葉を交わすこと
時にただ優しいまなざしを交わすこと
それだけでどれほど
わたしたちの心は癒されることか

だが水でさえ中毒する
初めはただ口が渇くというものが
精神神経症のゆがみのなかで
命までも危うくするほどに
摂水過多に陥っていく
中枢神経を興奮させる何かが
水そのものに含まれる

だが水でさえ中毒するためには
深い孤独に呻吟する想いが
ひきがねとなるからに違いない
一杯の水を前にわたしたちは語ろう
透き通る一杯の水に癒される時
わたしたちのみずみずしさは

まだ失われていない

海

風は強く傘を押した
傘の骨は激しく風に撓んだ
私は風に向かって進んだ
ばらばらと雨は衣服を濡らした
その先にあるはずの海が
どうしても見たかった
埋められた土地が断ち切れて
そこに海が広がっているだろう
海は激しく波立っているだろう

風は海から吹いているだろう
その風に向かって
老いた骨を軋ませながら
私は進んだ
どうしても海が見たかった
よろめく足取りで
撓んだ傘を杖に
向こうから風に支えられて進んだ
ばらばらと雨は衣服を濡らした
だがそれは故郷の海ではない
だが海がひとつながりの海であれば
故郷の海に繋がっている

秋の日のダリア

秋の日の
秋の光のなかのダリア
あまりにも艶《あで》やかに
あまりにも凜として咲くダリア
赤紫に黄にオレンジ色
桃色に深紅　そして黒赤色のダリア

背高い皇帝ダリアは急げ
花咲かぬ間に霜枯れるその前に花を開け

ああ秋の光は燦々と降り注ぎ
われらの体を温《ぬく》める

行き先をなくし
ダリア園にわれらが足を踏み入れる時

花は燦として誇らかに咲き競う
秋の光がわれらを温《ぬく》める

ああ秋の日のダリアよ
花容整然とした大輪のダリアよ

純白のダリア
眩い黄金のダリアよ

雑踏の狂躁から逃れ
ダリア園に足を踏み入れたわれら

だが今日の秋の光は早くも衰え始め
指先から冷たさが広がってくる

われら　どこに足を向けよう？
巷の夜の狂騒へ身を投げる？

秋

秋の気配が濃くなると
夏の日盛りに
鮮やかに咲き誇っていた花たちも
急に頼りなくやつれたようになった

走る電車の窓の外に
すすきの穂が風に靡くようになり
時折日射しが戻って
そこだけ置き去られた夏に思われても

風はもう秋の風のままに吹いていた
私たちは私たちの体から
薄い皮を剥ぐように
私たちの夏の疲れを剥ごうとした

微かな痛みが私たちの体に走り
変わる季節のひび割れのように
むずがゆさが私たちの体に広がって
私たちは黙って自分の体に耐えていた

そうして季節は移り
月日は過ぎていった
秋は凋落を思わせて
私たちは頼りなく目をさまよわせる

虚《うつ》ろさを歌うがいい

こころよ鎮まれ
虚ろさに急かされるように
性の淵にひたすらに駆り立てられる
こころの波立ちよ

おまえが自らを縛ろうとする
その縄を解き
静かに横になり

さざ波のようなピアノの音に耳傾けよ

おまえの歌はそこにある
無理に歌おうとした
おまえの性の歌は
ただの塵芥《ちりあくた》として黒ずんでいく

そこには光輝くものなど無かった
透明な結晶などそこには無かった
おまえの歌うべきものがまだ残されているとしても
それはそこには無い

時折降りそそぐ早春の光に
おまえはふるえながら

むしろ虚ろさを歌うがいい
命の終わりまで生に寄り添う虚ろさを歌うがいい

すれ違う

すれ違う人たちは
みんな歳老いていく

いますれ違った老女は
三味線の師匠というが
カラオケ好きだ
娘と二人で住んでいる
買い物に行くにも
歳に似合わぬ濃い化粧のお人だが

今日はどうしたことだ
鮮やかな口紅も差さず
地味な老婆の姿ですれ違う

そこに来た彼女は小柄で痩せて
顔ももう皺だらけになってしまった
中学校の教師だったらしいが
その夫はもう亡くなって一人住まいだ
その夫の隠された一面を
わたしには知る機会があって
晩年どうなるか見届けたいと秘かに思ったが
もう亡くなった
残された夫人を時折見かけたが
今日見る彼女もまた著しく老いた

わたしは彼女たちの目にはとまらない

わたしはまた一人の男とすれ違う
かつてY市の市会議員を長く務めた男だ
彼は一体幾つになるのだろう
穏やかだが生気の淡い
能面のような老爺の顔で
買い物袋をぶらんこぶらんこ
身を支える重しのように
ぶらさげていく
よろめいてはいないが
まるで宙を踏んでいるような足取りで

わたしは彼の目にもとまらない

わたしも同じ時間のなかで老いていているのだが
ひとは皆老いていく

あいつ

——宮城常雄に

計算と計画と
身の回りのものに責め立てられながら
あんなにも色んなことに
広がっていった
無関係という境を越えて
どこへでも広がっていった
あんなにもはち切れそうに
色んなものに充満していたやつが
不意にいなくなる

眠られぬたくさんの夜の中で
浴びるほど酒を飲み
それでも体のためにジムにも通った
有名人おたくで
呼ばれればどこへでも出かけていった
沖縄を背中に負って
話し出せば途切れることなく
政治も宇宙も文学も精神世界も
あれもこれも話しつづけた

あいつが不意にいなくなる
どうしたんだ
病はあった
時折は鬱だと自ら語った

小企業の生業《なりわい》を背負って
景気に翻弄された
だが計算と計画の堂々巡りのなかで
周到に準備もした
あいつが不意にいなくなる

お見合いが五十回という猛者だ
子供たちにとってどんな父親だったか
それは知らない
煽られどうしというのじゃないか
だが意外にも子煩悩だった
成人してもあれこれ心配した
もう子供の領分だ
とこっちは言ったが

どこでも境を越えていくやつだ

街中で倒れて救急車で運ばれた
検査の結果はなんでもなく
家に帰って夜遅くまで起きていた
翌朝冷たくなっているのを
奥さんが発見した
どうしたんだ
不意に行ってしまうなんて
眠れぬ夜の代わりに永眠を取ろうなんて
計算も計画も準備のままで

父を送る

春先の季節の変わり目が
老人には生き死にの
一つの境目ということではあろう

母は二月二十八日
九十二歳で死んだ
父は三月五日
百一歳で死んだ

丁度わたしの誕生日の
三月三日を囲むように
どちらもぶり返した寒さのなかで

父は母の死後　四年生き
もう言葉を発しなかった母とは違って
最期の日もわたしと言葉を交わした

老碌を知っていて
それでも背筋を伸ばそうとした

わたしは老人の話なんか聞かなかったが
秘かに感心もしていた

家を一度も出なかったわたしは
六十七年間　一緒に暮らしたのだ

その人はついにいなくなった
古い写真を探し出して見ると
若いその人のことを僅かながら知る

家族一の美男だったな
その人の一生を知らないままだったのを
いまさら悔やんでも遅いのだ

何かに手を触れようとして
触れないままだった気がして
わたしはひとり唇を引き結ぶのだ

残されたものは

病院からは死亡診断書が出て
葬儀社から役所へ死亡通知が出されると
死者の火葬が許可され
葬儀が行われ荼毘に付されて
骨壺一つになった

役所では同時に
戸籍が閉鎖され
後期高齢者保険証も介護保険証も

役所に返還された
年金証書の返還とともに年金支給も止む
印鑑登録カードも
終わるとなれば書類一つ要さずあっけなく
受け取られて破棄される
残された印鑑は無用のものになる
ことは段取りよく
事務的に進められていく
あれもこれも一つ一つ消されていく

ああ　こういうことだな
と残された者は独りごちる

ワインのボトルを開ければ

グラス一杯ワインを飲んだ
むしろ飲ませるために
ワインのボトルを開けた
うまいなとその都度言った
植木屋が庭木の剪定を済ますと
せいせいしたなあと言って
しばしば庭を眺めていた
紅白の梅の花が開いて
椿の花に目白が飛んできて蜜を啄んだ

穏やかだったはずだ
残された者はそう思い返す

だが百一歳の疲れは

ずしりと体にのしかかり
老人は死を待ち焦がれ待ちかねて
その面《おもて》は能面のようになっていった
死に化粧が僅かに昔の面差しを返し
そして焼却の炉に肉体は消えていった

残された者は遺品というガラクタを
片付けなければならない
先に逝った母との二人分
その中から現れるのは
死者の残す最後の残像と懐かしさ
意外や意外こんなものがといった驚きやら
生きていた者のその一生分の時間の澱
饐えた臭いか

凝《こご》った琥珀の輝きか
ただ埃の厚い層か
じゅっとこの世から消え去る前の鮮やかな一閃か

まず父の達筆のメモ書きが現れる
「認知症患う妻をみとりて四年
何時まで続く難渋の道」
ああこんなものが残されていた

さくら模様の文箱には
八十一歳を迎えた母の手紙が残されていた
一つは子であるわたしに宛てられ
自らの老いの自覚と
子供たち三人に向けた

姉弟仲良くという言葉が書かれていた
もう一通は夫である父に宛てられて
長い介護が必要な時は
老人病院に入れてくれ
回復の見込みが無い場合は
延命治療はしてくれるなと書かれていた
そんな手紙が残されていたとは
父は知らなかったはずだ

想いは互いに届かないまま
だが死者たちが残した想いが
こうしてわたしに届く

霜月の

霜月の
思いがけぬ雪模様
六十半ばで
また一人
旅立った者がある
今日見送った者がある

見送って早や一年を経た友は二人
六十七十はハナタレ小僧

まだまだ早かろうに
一人一人と消えてゆく
病はいつも思いがけず
あっけなくも消えてゆく

妙に疲れて
このままにしばし横になりたし
そりゃあご同様の歳だもの
なにやら胸寂しく日も暮れる
わが父百一歳の大往生は如月ぞ
年始挨拶欠礼の挨拶状も急ぐべし
まだまだ頑張ってるご高齢の友もあるが
いつの間にかいなくなるより

今さようならを言うと
わたしの前から一人退場
その踏ん切りの生前整理も良し
だが生きてあればそれはそれで寂しかろう

サヨナラだけの人生だ
ならば今　この雪のなか
胸を焦がして抱くひとのあれかしと
六十半ばの世迷いごと
まだまだ枯れぬ老人でございます
師走を越してまた一つ歳を取ります

しんしんと寒さが沁みる
六十半ばの身に沁みる

面やつれして
鬼気迫った友の貌にたじろぐぞ
この境の向こうとこっち
すでにわれら隔てられた

今年も目出度いぞ

十両　ヤブコウジ
百両　カラタチバナ
千両　クササンゴ
万両　ヤブタチバナ
と並べてきて
一両がある
アリドオシ
だから千両万両に必須という
言葉遊びの験担ぎ

ついでにシキミを億両と呼んだのは
さてどんな加減か
初春の
他愛もない
それでもほっとする目出度さ加減
寝正月の心地よい時間が流れる

赤白の実の万両と
赤実と黄実の千両と
百両はまた赤白で
万両百両はタチバナ同士
わが庭には
赤実万両と黄実千両
金に縁のない南天の赤がある

冬の庭の華やぎぞ
金はなくとも心華やぐ
正月の酒に頬を赤くして
やい今年も目出度いぞ

ラーゲリ

シベリアに抑留されたままま
無念の死を迎えた人の遺書が
「暗誦　復誦されて
一字　一句も漏らさざるよう」
幾人もの戦友たちの頭に深く刻まれて
帰国を待つ妻の元に届けられ
母へ妻へ子供たちへ向けて綴られた
その思いの丈は
満州から引き上げた家族たちに確かに届き

しかしその遺書の最後に
本人は尚こう記しているのだ
自身を無理にも鼓舞するような
悲痛な高調子で
「小生勿論生キントシテ闘争シテヰル
希ミハ有ルノデスカラ
決シテ一〇〇%悲観セズヤッテユキマセウ」
享年四十五歳という
ツルハシも歯がたたない
極寒のシベリアに埋められたという

その子たる人は
わたしたちにそれを語らなかった
しかしわたしたちは

それを知ることになった
その遺書に心を揺さぶられた
家族への遺書は
読む者すべてに届けられた遺書のようだった
「どうか健康に幸福に生きてくれ」

シベリアの抑留から帰ってきて
小説を書いた人がある
絵を描いた人もある
いずれも無言を
いつも胸に抱いていたようだった
凍り付いた重しを
いつも背にしていたようだった

＊遺書は山本幡男氏
その子たる人は、幡男氏の
長男山本顕一氏で、筆者の
大学以来の恩師である

入水

川に入水して
死んだ人があるという
遺書を残し
自ら死んだという
自殺という単純な言葉で
それを告げようか
自死と言えば
裃つけた改まった感じがする
まさか自裁の言葉では

過剰な意味がまとわりつく
自らであれ
死んだ人は死んだ人だ
少なからずそういう人はある
その是非を言っても詮ないことだ
ましてひっそりと入水したのであれば
華々しく血に塗れた
腹かっさばいた死とは違う
首がざっくりと落とされた死とは違う
ひっそりとして目立たぬ死だ
死にたいと群れ集い
殺された者たちの
あの切り刻まれた死ほど
耳目を集めるものでもない

寒気の居座る冬に
身を水に浸していく
その痺れる寒気を思うだけだ
安らぎだったのだろうと
推測してみるだけだ
昔　首くくりして死んだ人のことを
並べて思い浮かべるだけだ
死んだ人は死んだ人だ
少なからずそういう人はある
そして死ななかった者は
明日の死を待つように
生きているのだ
明日の健康に縋って
死なないつもりで生きているのだ

川に入水した人のことなど
すぐに忘れていくのだ

正体

今日
きみが広げた風呂敷包みから
山なす厚物の首があふれ崩れた
菊の香が強く立った

実はと言って
きみはいつも風呂敷を広げた
唐草模様のではない
禁色の黄丹のひといろ

小さめの
だが風呂敷に違いなく
その中にきみは包んでいるのだが

僕の眼前で広げれば
それは一枚の布に過ぎない
きみが包んでいるものの正体を
今日まで僕はついぞ見たことがなかった

目の前に
あふれこぼれた厚物の首に
思わず僕は口にした
胸の飾りに良くても
これは食えない

もってのほかだと
きみの頬が紅潮した
もってのほかの美味を知らんか
と僕は言った
いと貴《たっと》き人たちが僕に何の関係がある

*「厚物」は花弁がこんもり盛り上がって咲く大輪の古典菊、「もってのほか」は赤紫色の食用菊

もういない

グローバル化は時の趨勢としても
イズムのついたそれは
どこかの国やら企業家たちの
自己拡大のための戦略にすぎない

だとしても
我ら開発された欲望を常に抱え
牛耳られ翻弄され
成長を義務づけられて墜落する

鳴り物入りの「百年に一度」も
なんとつかの間に流れすぎてしまい
経済の回復は明るい兆しだと
何事も変わるまい変えることもないと

元に復して行こうとすれば
金はふたたび投資家たちの手を離れて
燦爛と流れて行く
一攫千金を夢見る貧しい馬狂いたちの傍らを

さて豊かなギャンブラーたちは
どこに金を張るべきかわかっている
グローバリズムの大義名分を胸に飾って
報酬の上限制限にも平気でノンを言う

借金をあおったコンサルタントたちは
初めに全ての利ざやを稼いでしまった
夢がはかなく費えた貧しい者たちが残され
その肩に借金ばかりが一層重たい

世界には物があふれている
欲望はとどまるところを知らない
笑みも会話も失われていく
肉体は肉体だけを愛おしんでいる

日焼け　老齢　健康
三つの言葉で語られる
知恵ある美しい老人たちはもういない
美しく老いていく者たちはもういない

元頭取は語る

渠は一年七ヶ月
釧路の刑務所で過ごした
大手銀行のトップで
背任罪で収監されたただ一人だ
東日本大震災が起きた時も
刑務所にいた
マスコミの取材攻勢に疲弊した経験から
夫人はその後あくまでも
マスコミの取材に反対したが

再びの夫婦生活は六年
すでに夫人は亡くなった
出所から七年が立ち
取材に応じた元頭取は
八十三歳で顔の皺が深い
企業も頭取本人も
スケープゴートとなる運命を負ったが
今でも自分は
実質無罪だと
本人は思いを披瀝する
最高裁で実刑が確定した時
国策による捜査・裁判の
最たるものと思ったと
だが本人の口調はあくまでも穏やかだ

八十年代に十三行あった都市銀行は
平成三十年にしてわずか四行
昔の名前で残るものはない
この事実が
金融界の激変を物語る
たくぎん破綻を
自らの仕事の関連事項として体験しながら
だがもちろん
わたしは何も分かっていなかった
誰もが分かっていなかった
日銀の銀行窓口指導が廃止され
過剰融資への抑制機能がなくなって
九十年代のバブル崩壊の
それが大きな一つの引きがねになったにも関わらず

日銀は過去を教訓とすることもなく
今でも株や不動産の投資信託まで購入して
無理に物価を上げようと
アクセルばかり踏んでいる
バブルで一番怖いと感じたのは
人間が突然豹変してしまうことだと
元頭取は語る
その思いの底に重く沈澱するものを
だが渠は語ることはない

弁論術

キケローの弁論術とは
畢竟
大義名分の側に立って
個々の正邪を問わないこと
むしろ正邪を曖昧化し
時には隠蔽さえして
そして大義名分を守ろうとすること

ああ古代ローマの執政官よ

大義名分が
ただ市民のためのものだったにせよ
きみの名高い弁論がただ
重ねた修辞に過ぎないにせよ
執政官たる者
自らの功績さえ口にしながら
その弁論を織りなして行く
市民諸君の前に立った
トーガを身に纏おうとも
威厳に満ちた堂々たるきみを
思い浮かべながら
きみの弁論術の流れに
私はしばしついて行こう

きみに守られなかった者たちの生活と思いとは
いずれ歴史を動かし
ローマ市民だけが守られる
そんな世界は滅びよう
だがどんな世界だろうと
少しでも余計に欲しくない人間なんて
いるはずもない

あれかこれか
逡巡に時をおくる
時には酒に愛欲に溺れる者たちの傍らに
権謀術数の渦に棹差す者たちの中に
その膂力あふれる姿をきみは見せる
きみもまた

その立場ゆえに
いずれ追放の憂き目を見ようが
どんな過酷な状況にも耐え
いかなる痛みと苦しみにも耐えるのが
執政官職の使命だと
見栄を切る
きみの重ねる弁論の
行きつ戻りつもまた
計算しつくした韜晦の
市民諸君の意識へ向けた
弁論術というものであろう

ああそれが
弾劾であれば弾劾の

弁護であれば弁護なりの
技法は異なると言え
弾劾であれ弁護であれ
どちらも聞き手の意識に
うねりを
確かに生んだであろうその話術よ
きみの声はどんな声であったか
思い浮かべれば
朗々と声量あふれ
バスの声音が時にバリトンをまじえて
その四十代半ばの堂々たる体躯を
ゆるやかに一枚布のトーガに包んで
きみの弁論は淀むことなく続いていく

ペニヒ貨

薄い本が流行りという
薄すぎないために
紙を厚くする工夫もして
聖なる（むしろ傍若無人の）
通勤読書時間に
確かに厚い本は不都合である
厚からず重からず内容もほどほど
と言うのが流行りと言うが

たまたま手に取った本はどっしりと重く
ベルリンの壁の崩壊から始まる物語だが
作者おなじみのギリシャ世界へと転移して
あれもこれも
見方を変えれば
正と邪がひっくり返る

さすがに厚い本も
半ばを過ぎれば残りは少なくなる
山の下りのように足が急く

ベルリンの壁の崩壊は
あれはいつだったたか
観光客として私がその地に立った時

壁の一部はまだわずかに姿を残し
ポツダムはクレーンが林立する再開発のまっただ中で
中に日本発のグローバル企業の名もあったが
壁のかけらの付いた観光みやげの絵はがきを
おのぼりさんの私は買ったりもした
丁度通貨もユーロに切り替わろうという時に当たり
わたしにもケストナーでおなじみの
ペニヒ貨までも消えてしまった
旧東独の住人の生活苦からの自死なども
あったと聞いた

その痛みまで含めて歴史的転換というふうに
強く意識された壁の崩壊だったが
だがベルリンの壁の崩壊など今は誰も語らず

9・11により時代を語ろうとすることが
絶対的なオルトドクシーのように
我も我もとそこに依って語ろうとする

大量破壊兵器を大義名分に始めたその戦闘の
大量破壊兵器は無かったと結論あって
だがこの報復戦の死屍累々
あれもこれも
見方を変えれば正と邪がひっくり返る

なにもかもが
世界までもが
個人の責任になるとすれば
語るべきか語らざるべきか

責めるべきか責められるべきか
背を向けるに若《し》くはなく
どうどうめぐりになお引き廻されて
一人ねじれていくか秋の風

チャリンとペニヒ貨を一つ
投げてみようか
何を占うのでもないけれど

反響

庭の万両だと言って
届けてきたひとがいる
欲しいと言うので
わが詩集を渡したが
万両に短い手紙が添えられ
詩に胸打たれたという感想とともに
万両の花言葉は
陰徳だと書かれていた
別のひとは

ビジネスマンの心を描いた
こういう詩は初めてだと
胸に迫りますと手紙を寄こし
大学時代の師は
おもしろかったと
また別の一人は
読む一篇ごとに様々に
揺れた想いを
涙と共感と感嘆と表現した
企業の経営者だった一人は
こういう形で
気持ちを整理するのも必要かと
メールの中で書いていた
別の企業役員は

小説を読んでいるようで面白かったと
たかが無名詩人の
私家版詩集にもせよ
言葉は確かに
詩に縁のない人の胸にも届いて
自身の区切りのつもりで
「企業にて」とそっけない名前で
まとめた詩篇が
どうやら願った以上に反響する
その先に響いていく
企業の中で過ごして来た年月が
その中で醸されたわたしの言葉が
僅かに光を帯びて反響する

花

独酌のならいは私になく
友あればこその酒である
李白は月下に独酌して
月と影と三人だと歌ったが
われら二人の交歓に
月下の花のいかに美しかろうと
ただ美しい背景として
花はそこにたたずむがよい
重ねる一盞の尽きることなく

ときに盃に花びらを浮かべて
この春の友との語らいを喜ぶ

春の夕暮れ

春の夕暮れ
人たちは夜桜を肴に
酔って浮かれようとするところだ
一人庭に出れば
香り水仙　香り椿　ミモザなど
花の香りがする
百合の芽は
土を割っていくつも顔を出し
春の夕暮れの優しさが

体を包んでいる
奄美セイシカの花は今開こうとする

わたしを何処《いずこ》かへ誘《いざな》うように
共感を寄せる
達筆の毛筆の文《ふみ》が届き
温かい配慮にあふれた女文字の文も届く
椿が色とりどりの花を
開いては落とし
つぼみはほころんで行こうとする

わたしは新しい生活に向けて旅立つように
わが庭の花たちに目を注ぐ
夕暮れはゆっくりと音もなく

花のつぼみのようにほころんで
わたしを次第に覆っていく
静かな春の夕暮れ
わたしはまだまだ生きる気になっている
わたしの胸を響かせるのは
今日の歓びを伝える声だ

更北四郎の詩についての覚書

——或る友からの手紙

貴君の新しい詩集の跋文を書いてみないかとの、誠に光栄なご提案をいただいたにも関わらず、ご返事を差し上げるのが延引し失礼いたしました。どんなものが書けるのか数日考えてみましたが、どうも中学生の感想文にしかならないようなので、折角の詩集に汚れを付けることにもなりかねないと思い、今回はご遠慮することにしました。ご寛恕の程願います。

ただ、ぼんやり貴君の詩のことを考えたので、この機会にメモしておくことにしましょう。


最初に頂いた詩集は確か山野草や酒など趣味的なものに題をとった少し古風な抒情詩が多かった。恐らく単調な会社勤務をしているのに、学生時代の感性が干からびもせずそのまま、と云うより、さらに鋭敏なものになっていたのは驚きでした。

その後年齢とともに増えていく重石（中年の性、会社経営の煩悶、老親の介護）に併せて、詩題が広がっていったように思います。詩を、生計と分離された趣味の世界にとどめずに、あらゆる方面に、自分に関わるすべてのものを詩題に取ることは、稀有なことでしょう。そんなことが詩になるのかと、初めて読んだときはそう思いました。

資本の論理に翻弄される不条理さ、荒らげそうになる声を辛うじて抑えながらの老親の介護との闘い。ノックアウト寸前の精神的な苦境を、詩として表現することで、何ものも放棄することなく、幾度となく乗り切ってきたのでしょう。

まさに詩の功徳と言えるかも知れない。

その葛藤が、ありふれた会社の人事と云ったようなことを、詩にまで引き上げているのに違いない。

会社には別に出世をしようなどと思って入ったわけではなく、創業間もない会社が発展するにつれ、誰もやらないことを引き受けていったら社長になってしまったのでしょう。だから多分、会社は所与のものではなく、創業者と同様自分で具体的に作りあげた扶養家族なのでしょう。

どんな題材でも、例えば「世界経済入門」等という題材も彼の琴線に触れ、対峙したものはすべて詩になっていく。


僕は、ある意味で同じようなコースを辿った貴君の詩を、そんな風に個人的な興味もあって読むのだけれども、渋谷正道を全く知らない人間が読んだらどうなのか。僕は詩のことなど全く分からないが、難解な現代詩とは異なるが、このような詩もひとつの在り方なのだと思う。

緩みなく洗練された言葉選びと、長年彫琢してきた独自の表現方法、リズムに支えられ描き出される、家族、会社、老親。それらを背負った人間が自己分裂も起こさず、戦いかつ人生を楽しんでいるドラマは、更北四郎の世界として読む人を魅了するものに違いない。

そんな風に思って読んでいるのだけれども、ご両親を葬り、仕事を離れてと、今度は荷物を少しずつ降ろしながら、尚詩作を続けているとのこと。貴君の長命の家系から言えば人生100年は十分現実味があるわけで、快楽を追求するには貪欲な君だから、これからどんな葛藤が、そしてそこからどんな詩が生れて来るのか、本当に僕は楽しみにしている。

二〇一八年十月

大津哲夫

右記の手紙は、大学の同級生である大津哲夫くんからの手紙である。彼は、七十歳を超えて、現在なお、上場企業(株)エスイー）の社長の職にある。フランス文学科という、少人数（とりわけ男性は僅か）のクラスにたまたま居合わせた二人が、創業家というのでも無いのに、いずれも上場企業の社長になったのは、あまり例の無いことに思われる。

私家版詩集を送る都度、彼がくれた手紙には、私の詩への深い理解があり、いつも私には嬉しいものだった。

五十八歳で発行した初めての詩集「花ひらく」の時にくれた彼の手紙には、蕪村のつぎの句が書かれていて、私は一瞬、胸に迫った。

斧入れて香におどろくや冬木立

そして、「半ばまで読み、やはり菊は出てこないのだろうと思ったが、最後の詩篇の最終行、『花に埋もれて出ていく先は一つだ』には菊が混じっているのでしょう」と、私が言葉にしなかった菊の花の香りをそこに漂わせてみせた。

私には詩仲間というものは全く無かったが、世に出した第一詩集である「花譜」の山本顕一教授、そしてこの大津哲夫くんがある。感謝のほかはない。

　そして、二〇一七年、五十年振りに顔を合わせた神奈川県立川崎高校時代の同級生、水嶋清孝くんがいる。私がその時献呈した私家版詩集「記憶集」について、彼から懇切を極めた手紙をもらい、彼が詩に深い造詣があるのを知った。メールでの詩談議は嬉しかったが、今回の新詩集策定に当たって、詩集表題、詩の構成について、彼からいくつかの首肯される提言を受けた。そしてその多くを採用させてもらったのである。

　周辺に詩仲間がいなかったにせよ、こういう方たちがいたことを私は感謝とともに喜ぶ。更に、「花譜」と同時期に発行した私家版詩集「企業にて」について、仕事領域に於いて、詩に縁のない知人たちから、思いがけず多くの反響が寄せられたことに、より広い人たちに詩を届けたいという私の思いが、多少なりと実現できたことに喜ぶ。

　本詩集が、願わくば、多くの人たちの胸に届きますように！

二〇一九年三月

更北四郎

著者略歴

更 北 四 郎（さらきた しろう）

昭和24年３月３日、神奈川県川崎市に生まれる。

神奈川県立川崎高校、立教大学文学部卒業。

現在、横浜市在住。

本名 渋谷正道、30歳頃より更北四郎のペンネームを用いる。

公刊詩集「花譜」と13冊の私家版詩集がある。

現在、日本詩人クラブ会員。

㈱丸誠（現在、高砂丸誠エンジニアリングサービス㈱に社名変更）に45年勤務。この間、ジャスダックに株式上場、大手傘下となり上場廃止するまで上場期間８年、また、８年間の社長就任期間がある。

更北四郎詩集　春――御歳六十九歳のわが誕生日

2019年５月１日　初版第１刷発行

著　　者　更 北 四 郎
発 行 者　浅 野 　 浩
発 行 所　株式会社 東 方 社
〒358-0011　入間市下藤沢1279-87
電話・FAX　(04) 2964-5436
印刷・製本　株式会社 興 学 社

ISBN978-4-909775-01-6 C0092 ¥2500E